李益／著

西湖寻梦

北方联合出版传媒（集团）股份有限公司
春风文艺出版社
·沈阳·

图书在版编目（CIP）数据

西湖寻梦 / 李益著. — 沈阳：春风文艺出版社，2024.2（重印）
ISBN 978-7-5313-6024-7

Ⅰ.①西… Ⅱ.①李… Ⅲ.①诗集－中国－当代 Ⅳ.①I227

中国版本图书馆CIP数据核字（2021）第134803号

北方联合出版传媒（集团）股份有限公司
春风文艺出版社出版发行
沈阳市和平区十一纬路25号　邮编：110003
三河市嵩川印刷有限公司

责任编辑：韩　喆	责任校对：陈　杰
装帧设计：四川悟阅文化传播有限公司	幅面尺寸：145mm×210mm
印　　张：7	字　　数：126千字
版　　次：2021年8月第1版	印　　次：2024年2月第2次
书　　号：ISBN 978-7-5313-6024-7	定　　价：42.00元

版权专有　侵权必究　举报电话：024-23284391
如有质量问题，请拨打电话：024-23284384

内容简介

诗集分为两个部分，第一部分名为"寻梦杭州"，内容主要是描摹杭州山水，以及在杭十余年的所思所感，另录几篇来杭前旧作。杭城山明水秀，人文荟萃，求学期间与朋辈流连，时有所作。工作初期，兴致不减，亦屡游历。第二部分暂名"绮思红豆"，主要是感念携手情分，风雨八年弥笃，思以文字相酬。

诗中大半是个人感触，一点性灵文字。十余年间，信手写下，亦随写随弃，初不甚惜。年岁渐长，旧知千里，乃欲收拾，遂忘谢陋。

自序

行次西湖怀古咏今一百韵

　　十五年杭城居游，匆匆滑过了求学浙大的青葱和意气，掩过了工作初期悠游的烂漫。在这里，我看到了太多的人文景观，邂逅了那么多智慧沧桑的心灵，我的心也跟着旅泊、思索。我也看到了现代的建设，怎样塑造了杭州的新貌，怎样引领了时代的潮流。在这里，我还遇到了一生的爱人，有了一个可爱的儿子，虽然事业上没什么起色，但至少我也有了一半的圆满人生。学习游历之余，有时也涂涂写写，虽不太爱惜，随写随弃的不少，但十多年来，也积累下了一百多首诗。今次结集，也算是对过往岁月的一个交代。编选诗稿之时，又想到所有的一点成绩，皆是在杭州所得，而杭州又因西湖而誉满全球。于是，便拟古今之变，为西湖百韵诗，并作集序。

　　天上重明珠，人间醉美湖。阴晴写水态，风雪画山图。
　　开辟运神斧，延绵倒海涂。尔来三亿岁，不与百工居。
　　洪水滔滔卷，浊流漫漫濡。皇尧失悦色，帝舜急啁吁。
　　神禹忽临越，兆民乃聚苏。凿穿秦岭壁，斫断太华枢。
　　水退山微长，石干鸟宿梧。猿猴攀绿至，蝴蝶逐香徂。

浩浩诸侯裼，悠悠列国庐。分封自少康，裂地始无余。
勾践失还得，夫差有却无。西施归故里，范蠡灭周吴。
极盛变休咎，恃强任卷舒。楚齐难鼎立，秦独统寰区。
东汉筑塘堰，杨隋治府间。万松耀宝石，九曜隐飞瑜。
勤谨玉龙觅，相帮金凤扶。彩光掩日月，高髻下云舻。
争斗两难已，相持一念初。轻脱红袖手，慢落紫霞裾。
自此冈生色，从兹陂满蕖。运河逐起讫，杭洛变通途。
白令多情意，东坡赋字书。种桃堤上看，浚塞泖中纾。
三忆郡亭枕，一心月寺庐。潮来天地阔，人立撼涛娱。
鼓动旗红展，铃摇塔兀虚。遥知神箭发，讵念越王除？
割据有时兴，开荒无不誉。崇文礼佛道，守土靠兵徒。
保俶立丹顶，城隍瞰碧壶。藤萝行葛院，青石奉浮屠。
溪涧梅花浅，亭楣白鹤符。悲词咏蕙小，清韵酹皋逋。
白雨乱团扇，黑云压殿隅。葑泥淤再浚，六井积先疏。
宴乐同朋辈，流连醉伎奴。清风顾眷眷，湿雨腻徐徐。
靡靡引金主，汤汤济渭渠。棚戈大漠窄，踏马广城墟。
旌纛生州野，锦裘兑苦蔬。杯盘河海尽，碗盏上林芜。
破碎朝南走，恓惶向北呼。流离失故所，践踏洒皇都。
恨裂英雄胆，恼杀志士顽。提枪誓扫荡，挥剑共驰驱。
百战将军胜，千封佞相谀。御牌十面发，鹏翅一时污。
痛泪满寰宇，欢歌谑虏胡。青山铭义骨，秀岳昱忠躯。
豪杰接连起，俊英前后趋。赵家挽不得，辛陆只空洿。
腕底风云变，船头海浪诛。纵酋太庙黑，劫火凤凰朱。
王气黯然散，村郊零落枯。也先噤土木，忠肃挽銮舆。
成败帝王事，兴亡百姓辜。三台烟笼树，八岭雾遮渔。
一点波心雪，几颗蓑笠凫。琅嬛烛隐意，石匮觇遗铢。
乙酉驻巡抚，壬寅畀省衢。旗营背碧水，官舍逸红芦。
李卫复前代，阮元树后模。繁华胜昔日，辐辏赛京诸。

003

院墅玲珑立，亭台恍惚匍。绛纱舞玉带，彩袖捧金蜍。
遂令异邦羡，还教他国狙。蓬莱非佛岛，方丈是金乌。
戟指狰狞臭，炮轰饕餮腴。城郭生莠草，岩坳没苍狐。
十室浮罗网，千檐悬死蛛。山唯危石在，水已弱虾俘。
惨月落平野，曦阳升古樗。文明经洗礼，武备应门胥。
百代伤兵燹，一朝种稻菰。国强民自大，世盛石为瑚。
白叟炊藜麦，黄童弄秋株。高粱浸玉酿，牛乳炼醍醐。
身暖着丝绣，地寒披锦氍。山川缱绻秀，草木莽苍蘆。
只手绘天地，高楼起蓼蒲。窗开世界眼，船引五洲输。
窈窕西欧子，缤纷北美姝。同临环璧渚，共赏楮衣芙。
草嫩眼波热，苔新胸次妤。春莺绿细雨，秋月白轻桴。
曲院风荷偃，雷峰夕照铺。虎泉神梦异，龙井御茶葇。
竹径云栖暗，禅踪灵隐孤。断桥人胜雪，花港鸟俦鱼。
缘结千年短，情真半世殊。长桥存昔勋，锦带岂今渝。
鹨鹅双双举，鸳鸯对对迂。时时筝笛弄，夜夜管箫呜。
苏武朝凭雁，季鹰晚脍鲈。平民无憾事，商贾有堆蚨。
政肃州多道，衙清酒不沽。千秋恣戏乐，万代共欢愉。

（2021.3.21）

目录

第一部分　寻梦杭州

第一辑　西湖烟雨 / 002

找不到你 / 003

江南 / 004

西湖寻梦 / 005

雨夜 / 006

印象西湖 / 007

黑水晶 / 008

三轮车夫 / 010

千年 / 012

窗前的黄山栾 / 014

我在暗夜里追寻 / 015

西湖中秋 / 016

西湖冬日 / 017

岳飞庙 / 018

忆江南 / 019

月夜 / 020

临江仙·桂 / 021

西湖秋日绝句三首 / 022

秋景 / 023

西溪公园树二首 / 024

春光 / 025

雨中独步 / 026

春 / 027

河边散步见红杏有感 / 028

春日 / 029

题画 / 030

登南高峰 / 031

第二辑　春波绿萝 / 032

柳絮 / 033
路口的月亮 / 034
夜 / 036
爱你 / 037
三清山寻梦 / 039
雪花 / 044
遥远的你 / 045
窗外 / 046
雨后 / 047
其实我不懂 / 048
如果我只是在梦里 / 049
飞虫 / 050
无题 / 051
雨天 / 053
突然 / 054
你是一泓清泉 / 055
双 / 056
清明寄思 / 057
想你 / 059
彼岸花 / 060
想 / 061

第三辑　屐痕处处 / 063

旧作四首 / 064

南浔纪游 / 066

秋叶 / 067

茶花 / 068

拟西北有高楼 / 069

拟行行重行行 / 070

寂寞词 / 071

听《梁祝》有感 / 072

春月 / 073

八月二日大雨，仿佛黔游道中，乃作 / 074

绯调 / 075

忆 / 076

遥念 / 077

菊 / 078

除夕作 / 079

炭 / 080

桂花 / 081

杂调 / 082

黄鹤楼 / 083

无题 / 084

悲秋 / 085

立春有感 / 086

梦 / 087

第二部分　绮思红豆

第四辑　给梅的诗（1—90）／090

后记　发小　杨智／201

第一部分

寻梦杭州

— 第一辑 —

西湖烟雨

找不到你

寂静的小河边
看不到蝴蝶
只有柳枝
无力地飘摇
蓝蓝的河水
映着天空的心

这是我
对你的思念
任风吹散了记忆
江南的莲花
开了又落
我依然捧起
一朵莲灯
漂流在
十月的河上

（2007.10）

江南

一切都已离我而远
我终于不能不怅然
总是在默默中发散
现在却掩不住满心的躁烦

总想在雨中漫游
任风吹开了伞
独自承受独自彳亍
梦里还是我的江南

（2008.7）

西湖寻梦

西湖的荷花，开了
往日的岁月，流走
碧绿的湖水托不起
高举的叶子
落下一个饱满的忧伤

撑着一只江南的小船
摇到寂寥的雨天
在苏堤两边一抹
酝酿冰雪的心田

月亮虚浮了夜空
谁在这里吹风
青山飘移着云朵
有你的影子，是梦

（2008.8）

雨夜

飘着雨的夜
飘着我的梦想
我不是在夜里沉醉
为它的黑色迷茫

夜是最远的梦
最近地融入我的心房
我不是一盏路灯
熄灭，只为守候东方

飘着雨，飘着你
夜风还在轻唱，谁的歌
池塘是满满的思绪
荷花一颤就溢出了河

（2008.9）

印象西湖

我在湖边,留恋千年
是谁,杨柳的青雨
断桥上不变的伞尖
秋风中的细语

落满一湖的秋色
山中的桂子飘来
我在看着潮头,乘着月色
放走如水的尘埃

是夜里,谁的凝眸
长袖上舞动轻霜
漂来漂去的是梦
画船一掩,湖色苍茫

(2008.10)

黑水晶

半夜十二点
推开窗子
听凭风像暴雨
冲刷身体
乃至心灵

夜是黑的眼
城市的灯光
虚弱地掩盖
迷离的微茫

呼出气
听得见大地
震动的声音
踏出脚步
无声　飘浮
一种寂静的蓝
蒙着星星

想起
遥远的守候
虚无
多少岁月的侵蚀
亮了
也暗了

（2011.4）

三轮车夫

周五,早晨,阳光明媚。我像往常一样骑着电动车上班。在古翠路上看到一对骑三轮车的夫妇。年老的他载着年迈的她,或许他们并不那么老,只是让人感觉很沧桑。杭城的春晨,清新怡人,阳光仿佛在嫩绿的柳叶上舞蹈。可是他们如同视而不见,就那么漠然地、寂寂地过去了。

他,蹬着车
她,坐在车上
小小的三轮
凌乱的臃肿

他的脚步
拖着时间
她的眼睛
隔着浓雾

遥远的白鸽
灰窄的铁笼
绿色的阳光
昏黄的街灯

背着多少个梦想
压断的脊梁
两张疲惫的老脸
缝不成一个笑容

他在蹬车
她在麻木
宝马，兰庭
再回不到心上

（2011.4）

千年

千年，一个轻轻的字眼
背负了多少世代的碎屑
雨，这悠长悠远的思绪
宇宙尽头的发泄

是谁，让他，让她
在这灰白的世界相逢
一把纸伞，是谁的安慰
静静地，抛洒了伤和痛

多想沿着桃红和柳绿
落寞的孤山，鹤影阑珊
人世间几多轮回
斜阳挽不住悲叹

又过了多少年，曾经
柔软的心境，发黄
像老去的油灯，一剪
破碎在无漪的流光

听你，一千两百个小时
就当是对你千年的回顾
让雨点甩出绚丽的彩虹
月光游走在你的路

（2012.3）

窗前的黄山栾

你骄傲的黄花
泻于我笔下
那是去年　八月
天空沉净　蔚蓝
无数只手扒拉着过去
略过漫长的枯寒

（2020.8）

我在暗夜里追寻

过往的风吹不动四季
迷恋你的影子
岁月荒芜成记忆
桂花飘落在雨中
香气消散在心里
九月的天空不白
忽然听到你的气息

（2020.9）

西湖中秋

三五月明夜,湖上有风声。
停杯一交语,秋山起暮灯。
云移江涛近,雾锁锦杭城。
回看天无际,此夜倍关情。

(2007.9)

西湖冬日

西湖冬日倍堪怜,疏柳直拂碧水边。
花港曾经人歇处,茅家岂是鸟过田。
出堤摇落画船影,映日分开双塔尖。
几片白云来极目,斜风一缕送轻烟。

(2007.12)

岳飞庙

青山几度慰忠魂，碧水回环绕孤门。
此地香风吹恨眼，阶前冷桂试秋痕。
乘龙西去缘情断，带月归来满院昏。
拟把疏狂图一醉，栏杆拍遍看云吞。

（2007.12）

忆江南

秋楼满,何事更重游?
恋恋西风吹尽处,斜阳一抹上梢头。
江晚月悠悠。

(2008.11)

月夜

今宵月色冷,窗外起风声。
菊泪初更落,银河缀孤莹。

(2008.11)

临江仙·桂

  国庆长假,景区人涌,不能畅览,又试期临近,书不熟而需阅,题不知而须做,更兼重重细雨织帘,阵阵寒气袭夜,恼人天气,无以复加。第三日放晴,忽于幽纱窗外,见金桂数株,于樟树暗影下,沐光而黄。时当正午,无人问津,而幽香自若。静处听香,仿若巨钟震响,直击心腑。因作小词。

  秋雨层层湿过,透人凉意当襟。
  小窗斜见冷幽馨。
  无情夕照落,笑靥对谁颦?

  古往今来人事,匆匆掩遍黄金。
  天生万物有关心。
  四时风会语,恋恋不劳卿。

(2010.10)

西湖秋日绝句三首

一

满院香花一鉴中，秋窗何意起微风？
却寻山涧林边去，双雁归来碧落空。

二

无限秋香都袭人，江山之外有谁春？
汤汤河水自西去，冷冷情肠百转尘。

三

一违经月又经年，红叶春花只等闲。
最是无情东逝水，斜阳万点落青山。

（2012.9）

秋景

秋色满城三度香,一时思念几回伤。
白云起后秋风早,红叶趁人微雨凉。

(2012.10)

西溪公园树二首

日日散步西溪公园,有数株大树,郁然成荫,默默遮护。而河西车流滚滚,人声鼎沸。常思树若有知,岂甘寂寞?乃作问答绝句二首。

一
身种繁华地,寂寞有谁知?
春雨空飘洒,花期寂灭时。

二
身住繁华地,寂寞不需知。
要解春风意,还待静夜时。

(2018.4)

春光

樱粉棠红桃正羞,清风推送雨温柔。
最怜杨柳解人舞,十里湖堤待眷游。

（2020.3）

雨中独步

独步空芜外,荒江一径开。
雨中寒翠落,灯下冷绯栽。
吐焰天花去,鸣琴焦尾来。
唯怜冬尽处,尺素难抒怀。

(2021.2)

春

杨柳争梳绿辫垂,游蜂蹀躞过人悄。
梅花不信春风早,输与杏樱粉面娇。

（2021.2）

河边散步见红杏有感

塘河清浅耀金鳞，北岸垂丝杨柳巾。
栈道逶迤墙壁立，高拥红粉捧春心。

（2021.2）

春日

独坐兰舟竟日游,春风动地角声幽。
梅灼柳嫩烟波里,杏粉樱白雾霭收。

(2021.2)

题画

西湖堤上步,弱柳垂丝巾。
风过荷花影,鱼藏碧叶荫。
白云接远岫,青鸟归芳林。
日暮苍山隐,钟声杳渺心。

(2021.2)

登南高峰

春至一何速,霜冰夜半开。
瞰河杨柳绿,登顶白云回。
飞鸟当空叫,攀猿逐树来。
青山不道远,此日恰徘徊。

(2021.2)

第 二 辑

春波绿萝

柳絮

我是一朵小小的柳絮
在季节的狂风中飘扬
我也知道我的方向
打着旋在空中绽放

也许是一点凄婉的笑容
望到水天相接的尽头
无垠的青色遮住了
那一摆手的温柔

在云间自由地嬉戏
本是我无尽的向往
渴望着满山红艳
是给斜阳的一抹辉煌

（2008.5）

路口的月亮

有海的日子我会唱歌
寂寞的轻风吹不了红颜
是谁在夜里张眼
无助得像纱裹着冷月

我躲在孩子的梦里
听得到他的细语
有一点嫩绿的甜蜜
悠悠地晃着弯月

寂寞不是我最终的怀抱
我在夜里彷徨着迷茫
也许是萤火的微光
已足够唤醒儿时的圆月

春风是带味的舞伴
有你天空才会灿烂
请变换着舞姿吧
我就是那遥远的新月

我在这里像梦一样追寻
我要求我就是春天
像鸟儿般自由歌唱
飞翔是为了我的明月

（2008.6）

夜

一个人孤零零地走
在夜里看不到回眸
有风吹醒我的乱发
是寂寞的歌声凌乱

我一个人走
是夜里不断的忧愁
风撕碎了雨声
满天的星斗乱溅

（2008.7）

爱你

离开,是寂寞的心扉一掩
相思,有你无尽的身影闪现
我彳亍在这夜里
茫茫然,像纠缠不住的曲线

在那里,红叶飘飞
风雨中交织着容颜
有一颗圆圆的卵石
浸润得像泪眼般温然

我走不出这寂寞的长夜
心中是无尽的难言
那疟疾时的冷暖变换
也拟不了这一瞬间的心乱

茫茫然，春天张开了双眼
季节像花般明艳
你从遥远的天边走来
轻快得像一只飞燕

爱你也不过是永恒的意念
只在刹那间点燃

（2008.7）

三清山寻梦

听说你是邈远的三清
听说你是人间的神山
你在哪里
我在梦里追寻你

不经意和你相遇
告诉我清秀奇丽
正是不食烟火的仙迹

亿万年在风雨中飘摇
亿万年在人世中尊捧
你,上清玉清太清
究竟是神还是人
天地为你劈峰断岩
雕琢你千姿百态的身影
又为你留云蓄泪
让你清秀如斯,凄美如斯

假如只是天上的私恋
何来人神的哀怨

西湖寻梦

寂寞地化成双石
延续永恒的心愿

望着你,我泪也如山
渴望有如椽巨斧
劈碎这永世的锁链

你,三清,神仙的始祖
天庭的至尊
你的心真的就像这山石
巍峨,坚硬,冷酷
任这清泪日日满身
却依然壁立高耸
就像一把无情的长剑

你的慈悲留给了谁

哦,三清,不要再冷眼旁观
天地间永远需要真情
就像这凌空的索道

就像这盘山的栈道
都是仰慕你的那抹仙风
千祈百拜的诚意

听到了吗,三清
不要再装聋作哑了
山是因为有情才千姿百态
树是因为有情才绝顶生根
云是因为有情才会做你的面纱
让你虚无缥缈
让人希冀追慕
水呀,看吧,这神女的泪
更是因为多情才韫玉怀珠
并没有因为痛恨
而荒凉了你的容颜

今天,我来到这里
瞻仰你的圣迹
你知道吗
我是为你的慈悲而来

西湖寻
梦

我是为你的庄严而来
我走过了每一个台阶
每一条可以攀爬的小径
我看过了每一块巨石
每一棵树
我在苦苦地寻找你呀

因为我听到了一个故事
我看到了满山流淌的泪
我想问你，神仙的鼻祖
道教的至尊
是什么让你
亿万年来默不作声
是什么让你冷漠地
锁住一对情侣亿万年
我的心在颤抖，在颤抖哇

我向云霞打探你的消息
我向天门追寻你的踪迹
你在哪里，三清

寂寞的你难道容不得
这人神相恋的温度

你来了，你告诉我
那只是他们的外衣
他们早已双宿双飞
这两块石头只是警戒
因为虚伪荒诞的爱情实在太多
真正的相恋可以永留天地

哦，三清，谢谢你的坦白
让我的寻梦光彩温馨

（2009.5）

雪花

你要纷纷扬扬地飞舞
你的颜色你的寂寞
伸指触一触你是冰冷
谁知道心里是火热

你在风的长车上泼洒
是飘摇的仙女在散花
那五千年的岁月
你手指一颤就滑过

你为何终于回到了人间
为大地山河披上羽衣
不懂你的太阳照常升起
你不抬头化为永久的泪水

（2010.1）

遥远的你

没有什么能形容你
醒来时你已不见
四月的芳菲埋没了容颜
是繁花遮住了眼

在你身边,永生的想念
痛从昨夜开始蔓延
今夜的梨花开了脸
遥远的你,总是泪点

(2010.10)

窗外

窗外
一阵歌声
灿烂
犹豫
梦的眼
迷离
升起
池塘的风
吹乱
月牙
幽幽冷的光
倾泻
而你知道吗
这岁月
消减

（2011.4）

雨后

每日每夜合不上眼
只为了一朵花的思念
秋天的大雁飞不到天边
只是因为有你在牵绊

无数个夜晚数着星星
草原上满怀的清风
吹着你　醒着我
摆一摆手　一瞬间就是天明

白马嚼着守候
甩一甩摇走寂寞
看清晨何时又成了夜晚
到梦里驰骋疆漠

春来无名小花开满坡
燕子剪落珠帘
雨后的清新就这样
裹着春天洒落眼前

（2011.4）

其实我不懂

其实我不懂
一片叶子的欢喜忧愁
在这个春天
无论是何种守候
催醒了你
又让你在风中飘落

喜欢满眼的绿色
疏朗中结着春波
一滴细雨的眼角
正闪在垂首的绿萝

（2011.4）

如果我只是在梦里

如果我只是在梦里
我会听见你的声音
我不懂风的呼号
在寂寞里散了心情

没有谁不是在人间
每个角落里低唱
春风梧桐里的落月
淡淡的昏黄
眨了多少次眼
没有身影地彷徨

（2011.4）

飞虫

如果没有翅膀
你就不会撞上罗网
阴阴的天里
迷失了方向

如果不曾挣扎
你就不会越陷越深
茫然的黑影
吞噬了你的心

也许你不曾后悔
这蛛丝的纠缠
开了你多情的眼
你在网上的每一次挣扎
都是激动肺腑的电流
你说——
你的无动于衷打退不了我
我情愿做你果腹的肉球

（2011.5）

无题

要是风突然地走了
请不要惊讶
这世界上有动就有静
有生就有灭
风不过只是一种气息
呼吸停了，风就止了

要是雨突然闹个不停
憋久了的天空翻了脸
我不知道大地要受多少煎熬
青山绿了又湿，河水退了又涨
没有谁可以走在大道上
没有伞，没有湿漉漉

也许岁月就这么轻易地吹成了风
也许岁月就这么无情地落作了雨
风雨交加的夜晚和白昼
打乱了街灯，打糊了街景
只有屋子里的白莲
仍然幽娴地开放

我想听雷声，霹雳
一闪，大地就成了透亮
是照亮人心的圣火
是惊醒世人的大钟
佛堂老了，神像倒了
谁还在那里虔诚膜拜

岁月呀，遥远的从容
多少腥风血雨，多少惊天动地
也从不曾拉缓你的脚步
你告诉我人生不过是
沙子里的游戏，一场梦寐
而人又为什么来，为什么去

谁知——谁知

（2011.8）

雨天

总是在雨天
寂寞地拉长雨线
望不断的雨脚
遮住了天边

天边没有云
迷蒙中笼着暗淡
奢望西风不断地吹
只有你的影子总也不见

（2011.8）

突然

昨夜突然来了一阵风
呼啦啦　吵醒我的梦
不知道风中是什么
酸涩的枯枝戳得人痛

记忆中又多了一点尘土
灰蒙蒙　像要淹没宇宙
谁知道雨水洒下
决堤的泛滥锁着瘦

（2011.9）

你是一泓清泉

你是一泓清泉
我是倦途的游子
大漠里风沙起
叫我如何不想你

你是热情的火焰
我是冻馁的行人
多想靠近你
温暖我的心

你是风我就是云
愿随你天涯海角
你是雾我是树
愿拥在你的怀抱

你是喜悦的歌声
我是摇摆的节奏
心里揣着你
努力让你澄透

（2012.2）

双

一身蓝　一身红
水晶般透明
一个面　两个面
钻石般璀璨

一时相向　一时背离
喜怒哀乐知为谁
一双眼　两双眼
曾经相同　此后迷乱

是夜幕遮住了光源
星星隐在天际
是风声吹过了心房
听不见彼此的叹息

（2012.8）

清明寄思

遥望见炊烟袅袅
自青青的鳞瓦间
升到蓝蓝的天
粉白的杏花
痴痴地倚在
老旧的红墙
凝望的双眸
随炊烟远去

燕子来了
珍重地为它
添上一颗新泥
期待着满窝的欢叫
照亮一屋的欢笑

雨丝温软了年华
落在梦的池塘
萍叶圆了又碎
迸裂惊电

是樱花粉白
是垂柳青青
溪水轻启酒窝
我凝住了笑靥

（2019.3）

想你

想你时心会痛
不想你心更重
四十年
一半有你
一半没你

有你时不珍惜
青涩的春天
写满无知的年月
没你时想懂你
心思九转不能持

想你时你不在
念你时你不知
恼人的杏花独自笑
种它的人儿今何在

（2020.4）

彼岸花

如果我是你
前世的回眸
那一抹娇红
是否摄入了你的魂魄

如果我是你
今生的胭脂
那滴血的沉醉
又怎能把晚风扶起

(2020.7)

想

二十年,再叫不出一声
妈妈
你像一阵风
过去了就不再回来
你像一滴雨
深深渗进了泥土

渴望看到你
模糊而又熟悉的面容
渴望听到你
忘却而又魂绕的声音

多想依偎进你怀里
让眼泪肆意地流
让心灵感受你
一抬手的温馨

我想你了,妈妈
这个夜晚太荒凉
月亮霓虹都掉进了噩梦
教我到哪里找你

(2021.1)

第 三 辑

展痕处处

旧作四首

少小即好文字，初无所记，后忽有感，遂时与二三友人唱和。惜偶闻杜牧烧诗，遂激于惭愧，来杭前旧作一并灰灭。后此多年，朋漂友泊，万水千山，读书时节，激扬意气，无复可寻。检视胸中所藏，只得诗词三四首，虽词不协律，亦珍之如宝，乃急急记下。

一、杂调
绯绯樱花声渐远，日边红杏播芬芳。
浮云结烟柳，绿满枝头飞鸟唱。
喜上眉梢凭栏望。

草如丝，桑绿低，桃花流水春意盎。
醉杨荫里蛙声起，白云茭尖荡。
喜洋洋桐花初放。

二、水龙吟·菊
此词不全，仅记下阕全部及上阕末句，今乃补之。
西园昨夜雨过，满地狼藉金粉坠。
柳丝偏软，池波易碎，伤损情思。
恋恋别时，沉沉去后，朱门深闭。
想万里浮云，平生意绪，随雁去，唤不起。

层层被风剥尽，秃枝憔悴无物缀。
纵春归来，绿叶扶疏，难止心碎。
晓梦未远，清魂不续，影沉秋水。
脉脉间，归去何急，来时路，蒙蒙泪。

三、江城子

寻梦不成剩孤魂，山远近，水横伸。
萋萋芳草，犹湿日光痕。
无语频怪信人言，纵是假，亦望真。

望穿秋水眼波浑，烈日曝，身难存。
春风荡漾，带起纸风筝。
飞使飞上最高层，为我见，梦中人。

四、咏白海棠

柳絮飞入朱红门，欺雪压云赛玉盆。
半点香风扶绿色，一片娇姿乱花魂。
未许人间几分瘦，还留雪上数缕痕。
频敲渔鼓晚风醉，斜阳影里入黄昏。

（2006年以前）

南浔纪游

四月春风知冷暖，人间变换柳飞禽。
为寻古意来亲镇，长送斜阳去旧林。
吹落梨花香似雪，行经屋宇暗浮襟。
小园隔绿曾分路，细水流金欲碎荫。
时有村人摇橹过，几回道冠把烟沉。
临桥摄取南浔景，入影犹猜北国心。

（2007.9）

秋叶

天涯墨客登临处,万古常听叶落声。
秋色满山谁与看,菊花半苑不关情。
应怜碧水成清影,难向今宵逐月明。
寂寞长空归路远,梦中化作雁西行。

(2007.9)

茶花

春雨不临门,青云出玉盆。
灼如红日晚,暗洒东风魂。
人寂微来影,月明应有痕。
平山无远路,留取醉黄昏。

（2007.9）

拟西北有高楼

兰若生空谷,冰心与天清。
春风缘岭来,相见语声轻。
常恐秋霜至,白露凝幽情。
思作桃花水,流去有人倾。
风中自起舞,朱颜明如玉。
此舞天上来,人间寻何处?
日暮柴烟起,人家垂罗幕。
恍思如梦中,双飞奋天宇。

(2008.3)

拟行行重行行

清晨出陇坂,折柳送远亲。
去去千百里,东风吹我襟。
晓露牵马发,夜中树底歇。
淮南橘甘甜,淮北枳苦涩。
借问远行人,鬓发先衰否?
庭际有孤兰,摇曳待君守。
君归明月晚,清影当门浅。
明月复将逝,魂梦是君眼。

(2008.3)

寂寞词

寂寞有谁知？
小窗外，斜阳一点，雁飞时。

捧起一轮明月，照相思。
萧萧庭院，雨滴梧桐枝。

（2008.5）

听《梁祝》有感

一曲蝶梦有谁知？天涯何处慰相思？
秋风不入田间路，荒草年年伴冢湿。
忽闻惊雁两行散，啼语江边几世只。
绕船明月今何在？离人楼上点灯迟。
怅望玉关千万道，一首江山寂寞诗。
夜雨梨花轻滴落，芙蓉转面九曲池。
九曲由来多险径，白云缭绕无尽时。
春看百花来衣袖，冬入人间拟青芝。
可怜嫦娥多恨眼，婉转蛾眉马前辞。
天崩地裂山河碎，蝴蝶双双舞秋丝。
秋丝成阵落叶早，满院苔深逐地衣。
红烛不潜今宵榻，星河淡淡夜无极。
共看彩云如梦寐，窗前潇潇梧桐枝。
一寸春心剪不断，十里秋水似此滋。
伯劳鸿雁双不语，分飞天涯各东西。
还如孔雀偕卿逝，华山道上风雨急。
生是当面隔江海，死为鸳鸯碧波息。
人生谁不有归宿，至今芳草惹人痴。

（2008.11）

春月

寥落乡关寂寞行,春风拂面柳丝青。
殷勤唯有旧时月,夜半清光分外明。

（2011.8）

八月二日大雨，仿佛黔游道中，乃作

高楼独上影苍茫，万壑争流落大荒。
曾是黔王帷里客，还怜夜帝帐中香。
峰为此地溶姿异，人去江山待黡芳。
青鸟迷离空自转，思接广宇梦微凉。

（2012.8）

绯调

万水千山,心事等闲间。
一叶落,飘摇,风雨几千年。
常思,铁马铜驼,也应怆然。
念别来,寂寂,想君影,天际眼前。

独自,江湖冷落,楼上阑珊。
满院荷花香遍,也无语,到人边。
筑城此去迢迢,灯火暗,变星天。
夜无极,草色渐晞,梦远难圆。

(2012.8)

忆

青山无语对斜晖,怅望西南不忍归。
一自天星相对后,冷风密雨上心扉。

（2012.10）

遥念

万里江山空碧池,秋风千岁昧相知。
窗含明月冷侵臂,人隔天涯能问伊?

（2012.11）

菊

篱角一丛菊,披霜独自开。
秋风无碧色,凝靥对残辉。

（2016.12）

除夕作

飞花竞逐空,万艳此声中。
细雨新年夜,凝成一世红。

（2018.2）

炭

曾经万火劫熬过,墨色一身入冷笼。
寂寞不输心性热,得时化作满堂红。

（2018.2）

桂花

婷婷立四野,绿叶流苏黄。
山是水中影,云生碧宇长。
蕙心不寂寞,倾意待朝阳。
飒飒西风起,满园一夜香。

(2019.9)

杂调

春已到,天未暖,海棠明艳柳条浅。
东风无事解帘幔,惆怅青山远。

灯光暗,夜不阑,星月无辉河汉前。
欲将心事付瑶琴,长噫断双弦。

（2020.3）

黄鹤楼

两年前去武汉,成残联三句,今忽翻见,为足之。

古今同一梦,独夜上高楼。
烟落江辽阔,影来天邈幽。
龟蛇成立石,鹦鹉送平畴。
猎猎秋风起,仙人正骜游。

(2020.5)

无题

狂风掠末地,暴烈意如何?
江水连天涌,苍山摧影折。

(2020.9)

悲秋

年来但见雨苍凉,西风吹面老容光。
画栋飘浮三界外,雕虫偶弄一人伤。

（2020.10）

立春有感

淡光入青帘,微开双眼眸。
惺忪难睡起,辗转闻啁啾。
天寒风四起,如何叫逾繁?
白露凝为霜,夜夜湿春衫。

(2021.2)

梦

万里黄沙寂寞尘,江南江北有风声。
雨中红杏黏春草,楼下残妆湿玉樱。
吩咐小童梳夜月,卧听笳鼓动凄情。
曲终有泪洒不得,云尽天高鸟悲鸣。

（2021.3）

第二部分 绮思红豆

— 第四辑 —

给梅的诗
（2019年7月4日始）

序

时光匆匆，不觉已婚后六年。其间，儿子出生。新手父母，漂泊在外，时常手忙脚乱，备尝苦辛。幸得夫妻同心，一路挺过风雨。闲暇，也曾思量：身无所长，而有妻能共苦，既不能在物质上给予享受，则或可托付文字聊供欢笑。于是，感山川之美，托风雨之变，寓情于中，有暇即作。复遭病痛，羁累人事，中道辍落。今次检点结集，虽不乏强拼硬凑，但衷心不泯，故仅略做删改，乃一并保留如下。

1

冥冥之中只有你
赴一场暴雨倾盆的约定
狂风吹灭了车声
旋律昏黄了灯光

一碟简单的自助
几句随意的言谈
因这天意的挽留
酝酿出如蜜的馨香

笑语与眼神
或许记不清
种子已经种下
收获终将来临

2

不认识不是理由
不了解不是借口
爱如果需要透彻了解
谁还能迈得出脚步

一见钟情没有理
爱情本就不问理
糊涂的爱不糊涂
不敢追求才最愚

青春的激情在哪里
痛痛快快爱一场

3

忽然间想起你
浅浅的笑容里
隐着淡淡的伤

不知道为何
有一丝心痛
让我想伸出臂膀
敞开怀抱
给你一个温暖的依靠

多少年以后才明白
是我们彼此的勇敢
成就了风雨里的相守相望

4

七月的天空,湛蓝
阳光,像钉子
只有这里
是我们牵手的绿荫

一条修长的木椅
一帘斜挂的柳枝
一只扑棱棱飞回寻偶的小鸟
绿水紧偎着青山

当我想你的时候
荷花就落满了湖面

5

石榴花开了
六月的夏天
悄悄来临

池塘的绿萍圆了
戏尾的小鱼
吐出了赞叹

只有你
像一片云
轻轻地飘过
留下心的涟漪

6

想起你的胆小
想起你的害怕
想起你站起来
那一瞬间的眼黑
你只是扶了扶我的肩膀
又轻快地向前
我不知道,是什么
让你,如此坚强

当你孤独地
被推进房间
白色的大门
砰然关上
在那悠长悠长
而又黑暗的等待里
我不知道,是什么
让你,如此坚强

呱呱声传来
苍白的你,无力
说响一个声音
后来你轻轻地说——
哎,我差点逃出来
我不知道,胆小的你
怎么会,那么坚强

7

遇见，是有人牵了线
相守，是自己打了结
不问情由
不管距离
不论贫富
只要有你
微微地一笑
就会扬起我的心
飞翔　飞翔
沉醉在梦一般的甜蜜

8

一片树叶落了下来
那是爱你的时间
又少了一刻

我问我自己
曾经的七年
给过你多少
刻骨铭心

没有
我知道
这需要我
在未来的日子里
每天多爱你一点

9

雨细细地落下
一根根　若有若无
像透明的丝线
一头牵着你的手腕
一头系在我的心

没有你在身边
比如工作
比如旅行
也因为有雨的系牵
而漾出甜蜜的波

10

你说你怕我累
你说你怕我照顾不了儿子
你把我们拴在腰上
好像我们是一对宝宝

于是这重量
压弯了你的腰
压软了你的腿
让你一会儿头晕
一会儿体痛

我的爱　你不知道
在你的全心付出中
儿子已经长大
可以自己飞翔
我已经成熟
可以负担更多
是时候
该你歇歇了

11

车声喧嚣
我独自站在
下雨的街口
凌乱的水波
打散了
我疲惫的身影
多想看一看
你的微笑
你是否
仍在守候

12

折一只纸船
放入一碧汪洋
许下一个愿望
让风带它远航

它会游遍天涯
不愿驻足彷徨
它要带着四海的风信
让帆招展轻扬
它要带着爱的思绪
回到梦开始的地方

13

列车开动
沉默的轨道
发出喧天的嘈响

我们会沿着轨道
直行　转弯
在每一个
看似尽头的地方
都迎来惊喜
最后悄然停在
蔚蓝的海边

这里承载着
我们的梦想
可是你却在
我们出发的地方
斜躺在床上
脉脉凝望

14

列车飞驰
我们已经离开
微笑着说再见
让车带我们去天边

窗外掠过
云雾迷蒙的青山
碧水蜿蜒
像丝带，遗落风中

此刻，我沉默着想你
一颗心恰似平静的湖面
窗外如丝的细雨
也让它愁皱万千

15

山重重　水重重
列车行驶中
无边雾气氤氲
又过琅琊东

万畦水稻绿
千丈碧云高
待到千帆竞海日
独听黄海潮

16

听说你是青岛之巅
你是世界三大铁塔之一
我们开上太平山
七弯八转
一层层升高
来到你的脚下

我们坐上电梯
五十三秒
就像一瞬
站上塔顶

青岛七区都在眼底
红房子像梯田
趴在碧绿的坡上
远处是大海
从碧蓝到渺茫

儿子在欢呼
我在凝望
我知道
南方的杭州
正下着瓢泼大雨

你是黄海之滨的高山
亿万年海水
消磨了你锋利的山尖
浸润了你无棱的分明

你的名字叫崂山
或许这就注定了
我与你，必然
是劳而无获

我望见了你的真容
流露着大海冲刷的沧桑
又被绿树点缀得
熠熠生辉

你是缥缈的仙山
你是人间的蜃楼
我终于看到了你
我终于又错过了你

人生若是没有遗憾
奋斗又有何义
今生有幸遇见你
此刻最应珍惜

18

你的名字叫八大关
你是万国建筑风情馆
林荫道漏下阳光
红房子倾听海潮
碧蓝的海水拍拍礁石
金沙滩领起白帆

王子爱上这里
为心爱的公主
筑起童话的城堡
元帅喜欢听海
和平的年代里
不忘金戈铁马的戎涯

我们也在这里漫步
装满一脑海的风景
等回到那个
灯光潋滟的小湖
放给你大海的声音

19

来时,你是青岛的迎宾门
在那个午后
你轻轻地开启
送我们进入琴岛
匆匆一瞥间
你的庄严宏伟
已刻在心间

回时,你是送客门
我们特意提前六十分钟
在那个阳光熹微的清晨
看你未经梳洗的素容
你的欧式风
融合了古典的气息

徜徉在你的腹心
回还往复
富丽的水晶灯
调出异域味

你悄悄地关上了门
留给我无限追忆

20

不见不是不思念
想你时风动窗帘
燕子殷勤地进出
有什么话儿吩咐它

21

记得那年去看荷花
曲曲弯弯的院子里
碧绿的舞裙托起
白里透红的娇羞
一方清澈的湖水
圆了花叶的梦

今年又去寻荷
六岁的儿子蹦蹦跳跳
六十岁的岳母语笑殷殷
荷塘里,我见到
一株弯了腰的莲蓬
正在对影微笑

22

几日浓熏待雨凉
今朝却见小银妆
薄扇晨梦懒慵起
微闭粉云离画床

23

有一声雷,惊天动地
有一种爱,细微如丝
在惶惶前行的旅途
一句轻轻的问候
就是定海神针
风雨无殊
静静启程

24

我不知道雷从哪一个方向来
无边的绿色耷拉着头
出水的莲花蹙皱着脸
湖面上升腾起无形的气
地面上流淌着黑色的油
防空山洞里哎哟连连
大型商城里挥汗如雨
天地间盼着一声雷
雷声——它从哪里来

25

多少年前我们相遇
多少年前我们相知
再回首已杳然

多少梦我们曾做过
多少戏我们曾演过
不能回首说忘记

前方仍漫长
道路还崎岖
只要有你相依
就能勇敢逐梦

26

我家住在皖西大别山
你家住在长江芜湖边
同住江淮
相隔数百里
没有青鸟传信息
三十年如梦寐

有一天，扬帆的小船
相遇在西子湖畔
肩并着肩，手挽着手
风雨之中长相守

27

有一轮金日
站在篱落旁
夜晚起微风
拂过她脸庞
低头又摇头
花瓣吐芬芳
转目还动肢
轻语诉衷肠
路人纷纷过
伊人独神伤

28

夜风里传来一声叹息
是孤独的旅人
禁不住长途的疲惫

我等到沙漠里的
驼峰干瘪成皮蜕
还是在茫然的守候里
对着没有雨的季节
轻声地低咽

只有一阵无形的春风
才能解脱我的迷寐

29

一群马蜂
趴在亭子中央
任凭行人来去
只是呆呆思量
是谁留下
如此
醉人的芳香

30

听到你的名字
就唤醒了我的梦想
兜兜转转来来去去
不曾找到你的方向

曾经幻想光芒万丈
曾经失落阴暗沉沦
曾经为梦瘦尽不悔
曾经为实吞声弃魂

如今我去探访
有梦想加持的小镇
宁静现代的规划
古街新修的齐整

我看到为了未来
活在当下的努力

31

生活没有酸甜苦辣
每个人的生活
却充满苦辣酸甜

生活没有色彩
每个人的生活
却红橙黄绿青白黑

生活是空白的纸
等待着你去书写
生活是无声的话
等待着你去言说

你的心孤寂
你的生活就如死水
起不了一丝波澜

你的心积极
你的生活即使是角落
也会被阳光照得明媚

生命不是一成不变
机遇与挑战
困难与克服
形形色色的影响

而如果没有你
一切都无所着力

32

绿色的大地蒙上了灰
雪白的墙壁反射着光
黑漆的道路成了果冻
浑浊的河水渐渐黏稠
我耷拉着头
在漫无人烟的城市里
寻不到一个诗意

突然有那么一朵云
像幕布眨眼间盖住了舞台
有一道光哗啦一下
照亮了我的眼
一阵天幕的喧嚣
刹那间清凉了世界

我忽然感到
有一双手悄悄地
搭上了我的肩
那是你温柔的缱绻

33

曾经你身材适中
自信的笑容
甜美的风度
即使烈日曝晒
也如池塘里的荷花
播撒红润的芬芳

忽然有一天
寒风吹倒了容颜
你叹息着说——
废了

可你看到那朵红莲了吗
虽然茎枯叶败
却依然直直地挺立着
笑对雨雹霜雪

因为她明白
坚持是一种姿态
等待来年
骄傲地盛开

34

如果你是杨柳
垂着长长的丝发
风中婀娜婆娑
就是你的姿态

如果你是桃花
用红艳的娇容
冲破枯黑的天地
唤醒冰冻后的世界
就是你的使命

如果你是小草
不幸生在石底
顶开万钧的压力
坚挺细弱的身姿
告诉世人什么叫勇敢不屈
就是你傲然的宣言

如果让我选择一种
代表春天的形象
我不会选杨柳桃花
尽管她们美得让人心醉
我会选择你，小草
只有你诠释了
春天那柔软心底
不屈不挠一往无前的信念

35

这个台风真奇怪
风扇一样转圈圈
风狂时吹起河面
火箭一样倏忽不见

天空像多变的少女
委屈时蒙蒙细雨湿人面
绝望时号啕大哭泪成片
开心时晴空万里光灿灿

这个台风真奇怪
等了多年才出现
要是不把它来写
枉称枕书三万件

36

有那么一股气
在胸中盘旋挤压
灼热得五脏六腑受不了
它们拼命推打
忽然间直冲顶门
在唯一的出口
喷出灼热的火焰
以及灰色的气流

这个火山也像人
来时快去也快
望着灰头土脸的前方
止不住心中叹
哎，要是这气是个屁
扑哧一声就不见
那该多好
还能闲谈嘲个戏

37

有一只小燕子
轻轻悄悄地飞走了
优美从容的姿态
让人不住赞叹

忽然变天了
狂风大作　暴雨倾盆
燕子像沉重的铅球
直直地坠落下来
溅起了一朵微小的水花
然后——不动了

是不是所有的理想
都像这样
出发时昂扬
结束时仓皇
甚至说不上悲伤

38

我的腿没有受伤
我的饭早已吃好
我的年龄依然青春
我其实也不累
可是为什么
我的脚就是
跨不上一个台阶

可是即使这样
我依然不愿躺在床上
接受命运的抚慰
我还是向外走
一天一月一年
我要接触
哪怕只是
冬天的荒原

就让寒风
凛冽地吹过来吧
我宁愿在风中成冰
也要站成一个士兵

39

当年身居穷乡僻壤
誓要发愤图强
离开绿水青山
迎来幸福时光

如今身居都市
当年心愿半成真
整日车水马龙
没有一丝闲

高楼遮天蔽日
幽暗是光源
蜗居一角迷蒙眼
当年志愿已成灰

40

期望的已经过去
喜欢的已经变味
伤心的已经麻木
苦涩的已经无谓
可我们还是
行走在这陌生的世界
既有尔虞我诈
也有清新淡雅

我们只是士兵
遵循命运的指挥
在重重迷雾中
摸索前行

恐惧也罢
失落也罢
不能选择
不能停止
直至倒下

像风中的微尘
消散于，似乎
从来没有
存在过的世间

41

台风过去了三天
膨胀的湖面渐渐萎缩
像储满脂肪的驼峰
颤动于茫茫的平沙

在这个注定灼渴的夏日
风尘弥漫于天地
暗淡的月光微红
像沾染血的弯钩
挂住了风的衣裳
让它成为蝉翼般的标本
再碎成支离的蛛网

骆驼看到了遥远的命运
迈下的步子更加坚定

42

有一些小花
摇曳于记忆的两岸
时间流逝
却越发灿烂

我知道，这些
明媚的过去
是一盏盏灯
给迷雾中的人
送来希望

在沼泽里深陷
没有灯光
没有手杖
谁能爬上坚实的岸

记忆的炉火不熄
伸出的手杖常青
抖掉脚下的疲惫
向着理想之境出发

43

如果你感到
生活是一种馈赠
请你一饮而尽
不要犹豫
不要担心

如果你觉得
生命是一杯
五味杂陈的酒
也请你一饮而尽
不要沮丧
不要彷徨

这是真实的生活
有各种味道供你调配
你不会生活在光圈里
成为人人仰望的对象
你更不会成为白板
因为五色斑斓成全了你

44

行走在河边
我看见
皑皑的白雪
枯黑的树枝
水面上铺了冰皮
反射出七彩的光芒

忽然一阵风吹来
天地像水花涟漪
嫩芽冲出枝条
炫耀满身的绿色
花朵捧出笑脸
眼角带着酡红

鹅黄浅绿青翠
白绯粉红深紫
浓荫遍地
叶疏花黄

四季予我遐想
人生让我思量
悠然回望
淡然向前方

45

说走就走
一刻也不停留
让这风送我
让这雨送我
不管花落叶落
我要向前走

说走就走
再也不回头
兰心莲意
菊傲梅矜
都不过是四季梦一场

我要说走就走
不能回顾
只怕一低头
泪水就粘住了双眸

46

不知道是谁在守候
孤独地站在风口
痴痴地望着
滚滚无际的江流

谁在烟波渺渺的尽头
撑一叶扁舟
用嘹亮的号子
刷去你的忧愁

47

多少夜
我在等你
灯火阑珊
星光明灭
一弯素白的月亮
像浅纱的剪影
滑落在
晨光熹微

多少天
我在等你
六月的荷风
宛如滴露
清幽的暗香
连成荷影

我在等你
消磨风景

48

一圈一圈
忽上忽下
来来去去
奔跑发狂

兜兜转转
尘沙迷眼
像是迷宫
无法离散

一气向前
奔腾狂乱
要甩出自由
不被柱牵

时间截止
缓缓停站
木马木马
无声心酸

49

看着你
袅袅婷婷
走过去
翩翩跹跹
我的无声
你的飞影
不曾相遇
徒惹风颠

50

独自彳亍
是天地间的
一痕鸥影
不要问我
什么是方向
拍拍翅膀
有绿的地方
就有停望

51

有一阵风
吹动我的脸庞
灼热的燥渴
湿润清凉
我不知道
是哪一双纤手
曾经搦洗
微风过去
兰香幽袭

52

假如我是一棵树
我要做四季常青的香樟
我要用浓浓的绿意
给你香香的清凉

假如我是一朵花
我要做二月的迎春
我要用金黄的灿烂
送给你太阳的温暖

假如我是一棵草
我要做山地里的苦菜
我要告诉你不管土壤多贫瘠
也可以开出傲人的美丽

53

风关上了门
它没有手
怎么做到
风笑了

我是波
无形的力量
你看不见我
但是你可以看到
树叶的摆动
花朵的舞蹈
你可以听到
岩洞的呜呜
琴弦的奏鸣

即使一无所有
你的衣摆
你的发丝
也能告知

我就是
永动的力量
跟着我
你会找到希望

54

不能发火
火是炽烈的岩浆
没有束缚
就会吞没一切
可是好难

憋住
用尽一切力量憋住
我感觉
自己膨胀了
瘦弱的身体
怎能束住无尽的气流

喷发　爆炸
在那一刻
骄傲碎了一地
没有声息

55

原野上冒出星星
忽然间变成大山
雪白的墙壁颤抖
像摇摆的墙头草

拖上累赘的双腿
一头瘦弱的笨驴
颤颤巍巍地驮起
三口之家的重量

奔到城西口腔医院
爆满的人流挤不进
说明早六点来排队
明天会是风雨交加
还是今去绿城一试

战兢兢躲过交警
热辣辣叫停笨驴
儿子任他玩耍
耳听哭声心中怕

一分一秒都难挨
铃声一响到我们
匆忙过去忍着慌
温语先说看动漫

躺上沙发椅
涂上奶油剂
乍闻拔牙母口出
一声啼哭如影落

先请母出外
再用柔言喂
指引双目视
心思全占据

细小镊子出
无声危房去
暂时含海绵
一若无事生
且再观察二十分

游戏书籍都随意

缓缓抚心惊
轻轻舒魂悸
半月心事一朝了
且带笑颜还家去

56

走，去九溪
那里有高耸的群山
那里有如云的茶园
那里有绿色的谷地

滴翠的溪流
从遥远的深壑泅出
一路沿着山势向下
冲刷出平滑的石板
浸染成红绿的斑斓
用如纱的帘幔
帐起小小的乐园

细嫩的雪肤
轻吻着柔涟
缤纷的双枪
喷射起彩虹
清脆的笑语
迷醉了绿波

57

你说要去舟山
我的惊诧难以形容
十年里来回三次
你的旅程是零

你说要去舟山玩沙
我好像站在太空
莫不是火星撞地球
鲤鱼变成了鲸

你说儿子想玩沙
在那浩瀚的海边
看着接天的碧浪
喷吐起雪白的浪花
再用金黄的细沙
堆起辉煌的城堡
把浪花圈留下

我的惊诧变惊佩
走,一起去千步沙

58

合欢树，枝分披
层层细叶青羽衣
阳光洒来不低头
扬起红花向天立
青青梗上数苞出
银丝十道系红缨
英姿飒爽照水湄
何人相见不相倾

59

又见黄龙集散中心
在那个微雨的中午
八年匆匆杭州过
步履重叠在此时

容颜老旧车不改
带笑相询意态新
数证未至票不出
隔座呼买泄天机

从容出门欲归去
大雨倾盆楼宇惊
一站数刻不能等
冒雨归去湿衣襟

来日天晴风光好
再买票来去舟山

60

祖孙三代去舟山
一边吵来一边赶
小鸟啾啾叫不停
日头才上黄杨杆

到站要等两小时
坐立不住出外看
一圈黄龙看未尽
电话铃响催回转

熬得一分兼一刻
一拨出去一拨填
三昧真火从顶出
阴阳二气瓶底现

终上大巴即刻走
摆脱胶黏心底欢
谁料前程多坎坷
不许容易到舟山

61

别说不开心
生活充满戏剧
塞翁失马或是福
辛苦其实也有趣

别在心里生闷气
生活不必全满意
退一步海阔天也高
没什么了不起

微微细雨连绵下
不是烦恼人
轻摇梳子临窗立
别有风景存

62

有一种忧伤
缓缓滑进心房
夹着莫名的感动
起伏波荡

我在这一刻
默默地回望
那年少的时光
明媚的彷徨

到这种时候,才恍然
胶着的对抗
压抑的倔强
不过是迷雾一场

与自己和解
才能找到力量与方向
(看了电影《老师·好》之后作)

路茫茫
人生的道口
什么是方向
举起手
做出引颈的模样
不是高山
看不到一马平川
不是海洋
却同样迷雾漫漫

64

多少雨
连绵摇曳中
青宇迷蒙全不见
雷声霹雳耳边隆
惊魂一万重

65

摇漾秋波听晚风
高楼斜挂夕阳红
水晶帘卷月华去
凝露湿衣无语中

66

沉醉东风
向晚青山舞媚容
一池春水波澜皱
把酒匆匆

棹歌长短
万千心事付飞鸿
闲理琴弦弹不起
柳絮蒙蒙

67

一丛丛
青叶出黄花
蓝天下
金光灿烂

是谁
让你如此恣意
越是晴朗
越是明媚

你像年轻的国王
佩戴无数的金饰
那么光彩夺目
又那么高贵
你微微地启齿一笑
就满城生辉

你是大写的贵族
青春　阳光　自信
魅力无限
再善妒的火焰
也会化为
由衷的赞叹

68

寻寻觅觅
枯枯寂寂
山无影
水无息
落日欲下不下
清风将起未起
痴想明月满窗
千里一碧
脉脉问
多少心意
枉来去
尘埃天际

69

走在夏末的校园
桂花的香气萦回鼻端
我看见绿色的藤蔓
坠着长果沉甸甸
依然倔强地不肯停歇
向上捧起金黄的花瓣

它在无声地低语
它在骄傲地烂漫

我不禁看向它
不再盈满绿意的叶片
憔悴和枯败
装点着微小
更透出
生命的决然

70

一角绽放
独自幽香
晴翠昏雨
中心温凉
簌簌而下
满地金黄
不求人惜
但默衷肠
月华如水
若披霓裳

71

我在记忆里寻找
桂花落地的声音

微微的西风
滑过浓密的树梢
仿佛悠远的叹息
在长河尽头缥缈

无边的绿色
洇出捉不住的甜香
像高楼的钟声
在心中震荡

72

明月过千山
倏忽万里间
海风吹不动
遥挂紫云轩
飞去香魂远
独留人世圆
清辉对冷夜
白露湿朱衫

73

你在林逋诗中摇曳
小河清浅疏影淡淡
你在苏轼词中缥缈
沙洲寂寞幽人来去
你在陆游心中守候
断桥零落香埃如故
皑皑白雪寂寂枯林
点点红香氤氲浮动

刹那芳华
唤起仰慕无数
着眼成春
万紫千红竞入
高标出尘
篱角淡然独住

74

一阵阵西风吹冷了青山
在昨夜的一场梦里
我收拾好心情
看那曾经闪亮的绿碧

一层层暗淡沉闷
像受了委屈的孩子
有一点酡红绽放脸庞
霎时惊艳了四季

我懂得秋的私语
鸿雁是南飞的信使
何时才能载回我的思念
只有白云悠然天际

75

夹竹桃
开在绿叶中
红花似粉脸
白花似微笑
清风送来了翅膀
明月皎洁着拥抱
美美的梦留在夜里
化为一颗晨露

76

揉开惺忪的睡眼
我看到窗外的黄山栾
青绿色的枝叶
左摇右曳
前探后回

它顶着一枝枝盛开的黄花
黄花好像也刚从梦里醒来
没有梳洗
带着梦的颜色
湿湿的　沉沉的

太阳越升越高
黄色也越来越亮
从土黄一层层转变
直到成为闪烁的金黄

它在微笑
它在大笑
像农家少年穿上了锦袍
灿烂辉煌
无限荣光

太阳渐渐向西边落去
热烈的光芒逐渐昏黄
金黄的外衣
逐渐积满尘灰

在无光的暗夜
它成了一片灰黄
仿佛繁华看尽的老者
寂寞地守着它的辉煌

月华如水的时节
它是淡淡的银黄
风霜雨雪都已经过去
鹤发飘飘
羽衣扬扬

它站住了
那一地的辉煌与寂寞
辉煌是他自己的
寂寞是他应得的

我在一个清晨
看遍了它的四季
却在四季的轮回中
迷失在了它的清晨

77

我曾梦见江南
小桥流水　人家怡然
杏花开在蒙蒙细雨
杨柳如烟　青丝缱绻
宫装少女踏上石板路
回眸一笑　落雁满山

如今我在江南
风景胜梦　眼前盘旋
车笛扫荡了铃铛
杜鹃挤爆了路边
我的江南已经邈远
再也无法忆念

78

海棠花开在春天
烂漫多情　风华无限
它用明媚装点了烟雨
定格了如画的江南

我在秋初又走过它身边
习习清风带来秋的致意
天气和暖恰似阳春
它却冻在那里

昂扬的绿叶被尘土暗淡
轻巧的身躯凝重了岁月
它的春天已经一去不返
只能在低回中勉力忘却

79

忽然间想起
一朵妖冶的笑容
高高挺起于
茫茫无际的绿色

它的腰肢纤细笔直
没有一片叶子
草地就是它的翡翠舞台
一曲霓裳　明眸善睐

它倾城的娇滴
张起百花之王的自信
像人世间最鲜红的宝石
接受万人的膜拜

恍惚间我又走到那里
翡翠绿的草地依旧
那倾国倾城的华艳
却皱缩成憔悴的枯黄

西湖寻梦

我知道再过几个月
翡翠般的绿色也会枯萎
人世间的平凡不会短暂
艳丽只是三秒钟的焰火

欢喜赞叹　寂寞艰难
是车是桥　是坡是坎
路在脚下
选择已在路上

80

我曾听说你的名字
我曾看过你的颜色
那是古老大地上
作为活化石的存在
就在我们村庄
方圆数十里
独一无二地挺立着

你那秀逸的身姿
团扇一样的叶子
迷住了朝阳晚月
醉倒了烟霞霓虹
鹅黄碧绿金黄
四季的风送来不一样的轻纱

你静静地站着
像降临尘世的仙子
接受世人的膜拜
仿佛再过个亿万年
它还是这样淡然从容

时光如水涓流不息
城市乡村不停改变
大道旁　公园里
一树树金黄明艳了秋光

不用再悬想它的容颜
触目都是优雅惊叹
活化石的稀缺
成了俯拾即是

我慨叹于你的不再神秘
你该欣慰还是随意

81

朝九晚五日匆匆
纸屏电话且相容
人间劳碌不低首
相陪稚子摘莲蓬

82

陌生人
请你站好
不要靠近
不要在意
一如既往地展现
你的生活

说你想说的话
做你要做的事
让我看看你的笑容
发自内心
让我追慕你的淡雅
清水芙蓉

让我忘掉
这一刻——你是凡人
让我静静地欣赏
心生安慰

83

一米阳光
暖暖地洒在草地上
旁边是数百米的荫翳
高高的乔木
撑起无边的巨伞
隔绝太阳的光芒

留下的这个天井
像古老的徽式庭院
幽静阴凉
封闭起大量的空间
只给开一个小窗

让惯常于不变风景的心灵
激动于片刻的辰光
安然于行　不厉不躁
仿佛此刻的我
晒着太阳　一脸满足

84

风吹不动
那一袭慵懒的夜色
水冲不去
那高楼上落下的灯光

我在这个城市里
独自徘徊
秋日的香气
片片飘落
脚踩上去
是一种湿滑的感觉

听不到秋虫的哀叫
秋天赶走了大地的欢笑
我在心里祈祷
有一轮明月高照

85

总是在雨天
寂寞地出现
伶俜的身影
伴随着孤单
像寒水上的钓者
像深山中的樵夫

细直的鱼竿
无形的丝线
灰黄的斗笠
摇摆的柴担
在天地无垠的深邃里
隐去了身躯

没有声音
像多年前的老电影
一点一点消退
在记忆的长流

86

黄花开透九重天
锦瑟遥拨万道山

87

我的心里有一条河
春天它会苏醒
夏天它会澎湃
秋天它会平缓
冬天它会沉静

它不只活在
四季的不变里
它还活在
变动的风
飘忽的雨
战栗的雷
烁目的电

它还活在
高山深谷
熏沐过高雅的兰
掉入过浑绿的潭

它就是这样
走走停停
欢喜过
也困苦过
直到融入无边的大海
再也找不出一丝痕迹

88

我在银马公园散步
嗬，多么小啊
我常常这样感叹

可是这里有草有树
有纵横交错的小路
将小园隔成一眼望不尽的惊喜
有高高堆叠的大石
有十几所大学的名牌

它就挨着马路
一条是教工路
一条是文一路
可是繁杂的车笛
听起来那样遥远

疏密有致的布局
阳光刚刚好
阴影也刚刚好
可是没有几个人在这里
除了一个躺着
一个坐着
就只有我在走

是的，只有我懂
它的欢笑与泪水
它的坚守与寂寞

89

我曾无数次问自己
是什么让我留在这里
是它的优雅高贵
还是它的现代气息
是倾慕大城市的美好
还是迫不得已做游子

我在追问中长大
也在沉默中老去
岁月压弯了脊背
我仍匍匐着前行

90

幽幽的香气袭来
我不知道这是第几次
我曾记得它的容颜
我曾记着它的欢笑

枝头上的枯蕊还未落去
鹅黄的新衣已经着急
这是一个无声的战场
这是一个枯荣的轮回

我还明白
在岁月的幽深里
这一场寂寞的花火
曾经在夜里盛开

后记

发小

杨智

自古以来，但凡著书立说者，欲寻人作序写记，所托之人，必是才、名、位中有高于常人者。其中，又以三样俱高者为最佳，是为极品，俗称"三高人群"。

而我，跟李益本人一样，才华和成就都如自己的身材一般，瘦削且康健，明显没达到三高人群的标准，所以绝算不得最适合给这本诗集写后记的人。

不过，是否适合，本来就是一个非常主观的概念，就如同在我的主观概念里，我和李益身上有许多一样的东西。

我们在一样的地方成长，上过一样的中学，后来又上过一样的大学。其间，我们说着一样的方言，听着一样的歌曲磁带，看着一样的电视节目，读过一样的水准参差的各色名著和报刊，同时，我们还用着一样的有几分睥睨众生的调调，吐槽着他房间书架上的那一排排书脊上的名字，肆意调侃着我们所知道的各色人物和万千史话。

我知道，在社交关系分类中，对于我和李益这种有着如此多一样之处的人，有一个专门的词语：发小。

如果从某些键盘兄严谨苛刻的定义来看，我和李益，绝对算不上发小,至少"小"的风味不够正宗,因为我和李益认识的时候其实已经没那么小了——那时候我们已经开始上高中。

那一天,内心和外表都还是个少年的我,正在默默欣赏着刚刚发下来的作文本上的斗大的数字"90"——我们当时的语文老师是一位看似和蔼实则有才且严格的老校长,班级里众学生的作文鲜少能入他的法眼。所以当时的我所沉浸的情绪是一种少年人特有的盲目的带着眩晕感的自豪和骄傲。

就在我一边努力让自己的大长脸上的表情显得不那么嘚瑟,一边眩晕得无比带劲儿的时候,一个穿着条纹T恤的圆脸同学突然出现在我的视线里,并用淡淡的腔调强行将我从快乐的眩晕里拉了出来:"作文本可以借我看看吗?"

那时,自恋的我和他,才知道,原来班级里的极少数,并不止自己一个。

由此,一个长脸少年就和一个圆脸少年开始熟悉并逐渐探讨起了文学,然后是音乐、历史,再然后是名人逸事、市井八卦,继而无所不谈,最后到如今的什么都可以谈,又什么都可以不谈。

我曾一度觉得自己掌握的词汇极端贫乏,因为我所知道的什么"老朋友""小伙伴"乃至"老友""故人"等词语,全然不足以描述我和李益的这种时间长度和涉及广度都覆盖彼此人生之最的人,直到我想起了这个被百度百科认定为方言词汇的"发小"。虽不准确,却能达意,让我有了种终于揪住了一根救命稻草的感觉。

发小,可能是这个世界上最能理解你的平凡和不平凡的人了。

跟朱重八一起用黑黢黢的手从破罐子里捞煮豆子吃,看到他被红草叶子卡得眼泪鼻涕一起下的发小,在看到朱元璋热衷让百姓捧着《大诰》绑着官员上京城告御状时,一定不会像其他人那般瞠目结舌。

跟刘季(刘邦)一起站在大歪脖子树上遥望秦始皇的仪仗队,听到他暗戳戳地说"大丈夫,当如是耳"的发小,在听说刘邦一大把年纪了却还要冒着满门抄斩的风险跟着一帮小老乡搞义军时,一定也不会觉得他就是被忽悠瘸了或者是脑子被驴踢了。

读史未必能让人预测未来,但绝对能让人对未来的到来不感到太过惊讶。发小就是这样一个在我们个人的发展过程中,因"读史"而对我们的发展和未来抱以极大同理心和解析力的人。

用我发小的眼睛来看李益,那么他很多的习惯、行事、追求乃至创作的风格,就都会明晰无比。

我丝毫不奇怪毕业那年的李益,会揣着化学学士和古代文学硕士两个完全不搭调的学位去找一个同样不搭调的中学生杂志编辑的工作,因为早在我们自己还是中学生的时候,我俩就哄着班上的几个同学组建了我校史上第一个文学社并出了我们自己的手抄刊物。出于对少年意气的追忆,大学毕业没两年时,我和李益曾遥望母校大门感叹过,我们走了,文学社也就没了,因而几多感慨;两年前,我俩又一次组团遥望母校大门感叹,我们走了,文学社没了,现在这个没了文学社的母校自己居然也没了,因而又是几多伤感。

我也不奇怪李益一个写杂志文字稿件的人,他不仅不喜欢使用当下已经十分流行的电话采访,还总是为了采访一个个小作者同学,而比我这个电视记者采访一些所谓大人物做的事前准备都多,事后的字斟句酌反复推敲更是我万万不能及的。

我和李益都极爱读诗,但又极挑剔诗,少年意气的我们甚至还和另外一个至今仍少年意气的朋友一起辩论过什么样的诗才配叫诗。随着书读得稍微多一点了，我的苛责渐少，但仍然忍受不了一些所谓的作者只把几句平仄押韵弄得一塌糊涂的文字切整齐凑成四句八句或若干句，就敢说自己写了绝句、律诗或者词曲，遇到这样的"大作"，我虽口下积德不能骂人，但心里仍是忍不住要把它们丢进打油诗顺口溜行列的。但李益的近体诗是个例外。他对于自己写的文字到底是古体诗还是格律诗的分别已经严谨到了苛刻的地步。我曾跟他开玩笑说，像他这样填词的，以我狭窄的阅读量，所知的只有一个我很不喜欢的宋朝人周邦彦；而像他这样写律诗的，以我对古代诗人，尤其是唐代诗人的了解，也仅知道一个我很欣赏的大神，那位大神叫杜甫。然后，他一边教导我，《唐诗三百首》里面杜甫作品虽然是最多的但总数也就38首，刨去乐府古风14首，一首绝句算半首，那么老杜的律诗总共也就23.5首，从实验统计的角度来看，样本太少，不能作为有效的参考依据；一边又教育我，要怎样才能简单快速地把普通话的音调和平仄对应准确。我把我们的这种对于古体诗词分类和格律的审美洁癖归责于我们两个的大学专业选坏了。本科学习时，我俩的大学专业分别是化学和物理，虽然当年的专业课已经与我们如今的工作完全不相干，但理化这两门高度依赖实验的学科对事物定量定性的认真和小心还是彻底地"污染"到了我们对事物的看法。当然，就这个以我俩为实验对象的对照结果看来，在实操的严谨性上，我们大学母校的化学专业的"污染"学生能力是要高于物理专业的。

个人认为，李益他把化学学士的科研精神放进古代文学创作上的巅峰，就是他这本诗集的序，那首我除了《长恨歌》《琵琶行》外读过的遍数最多的古体长诗，一首我连读下来都要用百度的百韵诗。我也是从这首诗才开始知道，原来排律的要求是那么严苛：煌煌百句千言，不仅讲究平仄格律，除开头结尾，中间竟然必须句句对仗，哪怕只有一联未对，也只能叫古体诗。所以对这种难度极高的手艺活，要么偷个懒，从开始就不要动这个跟杜甫、白居易掰手腕的想法，要么就冒着狂掉头发的风险字字死磕。若是偷懒和技巧欠缺如我，一定会毫不犹豫选择写古风，而李益则毫不犹豫地选择了后者。我不知道，需要对西湖怎样地热爱才能让他一定要挑战这么高难度的事情，我也不知道，除了他发给我看过的五个大改版本，他一个人挠着头发零零碎碎的推敲思量又会有多少。我甚至可以想象，电脑屏幕前的那个寻找着平仄或对仗有瑕疵的诗句时的眼神，一定与当年近视镜片后面的小心翼翼地往试管加最后一滴硫酸时的眼神高度相似。对于他的这种自杀式写作技能挑战，如果硬要做个联想的话，我只能想到体操史上的"莫氏空翻"这个吓死人的超难动作了，这个动作，诞生之初，便只有全世界最顶尖的体操运动员莫慧兰才能完成，而后它因为难度太高，被体操界主流放弃，但其专业度和难度带来的独特魅力，却至今仍在被小部分顶级专业人士传颂和无数吃瓜如我的普通群众在视频和动图里膜拜。在发小的滤镜加持下，我觉得李益的《行次西湖怀古咏今一百韵》，就跟姚金男于2013年在世界体操锦标赛全能决赛上成功再现"莫氏空翻"一般，虽不能凭它赛场夺冠，却也为下一年的夺冠登顶做了个瑰丽的绝佳预告。

　　被误读是表达者的宿命，古今皆然。而且有时候，读者明明可以解读无误，却故意选择非作者主推的信息作为重点，因而形成一个故意的误读。李诞写的那句"开心点，朋友们，人间不值得"就是一个很近的例子。李诞原本的意思，只要能看懂字的人都懂，但大家还是只愿意取用"人间不值得"这五个字。至于李诞原本的意思，对于使用它的人来说，已经不重要,甚至完全没有意义。李益的诗集到我这里就已经出现了这种读者与作者注意力的漂移偏差。他为了完善自己的古体诗词耗费了大量的精力,以他对古典诗词的热爱以及对自己专业能力的自信和看重,那些文字无疑会是他心中的重点。但在这本诗集里我最喜欢也最看重的,却是他写给爱人的一组《给梅的诗》,在这些诗句里,我看不到专业,见不着技巧,所见的只有我的发小对他爱人或轻松或深沉的诉说,那诉说的内容,有轻有重甚至可有可无,那一股脉脉的情意被他的小诗穿成了一朵朵时光里烟火相伴的浪漫,令人动容,让人欣喜。有趣的是,当我把我对《给梅的诗》的意见反馈给李益的时候,他竟然立即罕见地毫无解释地接受了,原来在他内心的天平里,这组诗的情感力量也远远地超出了那些更显功力的专业分量。因此,我有一个大胆的预测,或许,这组诗,反而会是这本诗集里最招我们这些非专业读者喜欢的。平仄音律或会分辨不易,谋篇变化仍有见仁见智,而美好的情感总能穿越技巧和时空,悄悄镌刻在读者的心上。

领发小之命,给他写的东西写东西,一不小心就像跟他本人聊天一样,絮絮叨叨收不住嘴了。君子之交,讲的是其淡如水,而发小之交如我们,则极易话如泉涌。或许是因为我们早已见惯了彼此未成君子和既成君子时的模样,呱呱唧唧,没完没了,才是我们已经熟悉而且依旧喜欢的交流状态。

能把一个人的经历、梦想与学识、思想放到一条长长的完整的时间线上来看待的人,除了百年之后的专业研究者,也就只有一块玩耍多年的发小了。很遗憾,我们这个世界上的绝大部分人永远都不会拥有专门探索他们故事的研究者,不过聊以安慰的是,我们中的一部分人是有发小的。

从这个角度考虑,我和李益是何其幸运!在我们的成长和成熟的人生大戏中,有一个既是观众又是超级陪演的人,一直陪着我们站在这个从来没有人能完全控制住演出剧目和节奏的舞台。舞台上，锣鼓喇叭轻重，琵琶胡琴缓急，长笛提琴悠扬吟唱，迎来送往，四季轮换，作为主演的我们，突然演得高兴了，又或者突然演累了，四顾茫茫，千言万语涌上心头，一时间，特别想说点什么，却又什么都不想说，那时分，我们都能明确地知道，还会有那么一个人，是我想联系就联系，想说点什么就说点什么，想不联系就不强求联系，想不说什么就可以什么都不说的神奇存在。

人生苦短又漫漫，大家姿态各异地蜷缩在飞驰的列车，我却得以怀揣一片叫"发小"的暖宝宝护住心脉，此种庆幸，于我们这些顽强又脆弱的人类生命而言，绝妙，且妙不可言。

是为代记。